AF360673

A LEURS MAJESTÉS

L'EMPEREUR ET L'IMPÉRATRICE

DES FRANÇAIS

A PARIS

SIRE,

Abri et soutien des hommes de lettres, en marque

d'une estime très-profonde

et

d'un respect profond, fait don et dédicace

à toujours de cet ouvrage.

L'Auteur :

Le Chevalier JEAN-PAUL-LOUIS D'ARRIGHI,

homme de lettres, professeur de langue italienne.

Rue Bourdy, 7, quartier St-Georges, à Lyon (Rhône). France.

TRAITÉ

DE LA

POÉSIE ITALIENNE

Impr. Ve Chanoine, Lyon

TRAITÉ

DE LA

POÉSIE ITALIENNE

PAR

M. LE CHEVALIER JEAN-PAUL-LOUIS D'ARRIGHI

HOMME DE LETTRES

Traducteur de la Sainte Bible, ornée de cent estampes, et des Odes et Sonnets
de Pétrarque.

—o·o<·o—

LYON

Chez l'auteur, le Chevalier J.-P.-L d'ARRIGHI, professeur de langue italienne

RUE DE BOURDY, 7, 2me TERRASSE

(Quartier St-Georges)

et rue St-Joseph, 35, au fond de la cour, au 4me étage

1868

Les OEuvres morales et les traductions littéraires de M. le chevalier J.-P.-L. d'Arrighi, lui ont valu une décoration et cinq médailles d'or, dont une de premier ordre.

MINISTERO
E REAL SEGRETARIA DI STATO
DELL' INTERNO

Ramo interno

1º REPARTIMENTO. — 1º CARICO

Nº 848

OGGETTO

S. M. il Re mio augusto Signore, volendo darle una pruova dell'aggradimento de' lavori letterari da lei offerti alla M. S. si è benignata concederle una medaglia in oro appositamente coniata.

Ed io con piacere mi reco a pregio farle tenere nel real nome la medaglia cui è parola.

Napoli, 23 Luglio 1851.

MURENA.

Al Signor Cavaliere Gio.-Paolo-Luigi d'Arrighi, letterato.

MINISTÈRE
ET ROYAL SECRÉTARIAT D'ÉTAT
DE L'INTÉRIEUR.

Rameau intérieur

Ire RÉPARTITION. — 1o CHARGÉ

N° 848

OBJET

S. M. le Roi mon auguste Maître, voulant vous donner une preuve de son agrément royal pour vos ouvrages littéraires que vous lui avez offerts, S. M. a bien voulu vous accorder une médaille en or frappée à tel but.

Et moi avec plaisir je me tiens honoré de vous faire parvenir au nom du Roi la médaille en question.

Naples, le 23 Juillet 1851.

MURENA.

A Monsieur le Chevalier Jean-Paul-Louis d'Arrighi,
homme de lettres.

Parigi, li 3 Febbrajo 1857.

Signor Cavaliere,

Ho ricevuto testè dal Ministro degli affari esteri, una medaglia in oro colle effigie del Re, mio augusto Sovrano, che sua Maestà ha degnato conferirle per essere portata all'occhiello del vestito, in un notabile nostro turchino. Congratulandomene, Signor Cavaliere, di questo contrassegno dell'alta benevolenza di sua Maestà, l'invito a compiacersi d'inviare a qualcheduno dè' suoi amici a Parigi, un documento firmato di suo pugno, il quale lo autorizzi a ricevere questa medaglia per di lei conto dalla parte della Legazione di sua Maestà, poichè non vorrei a meno, che le non lo desideri, spedire questo prezioso oggetto per la posta.

Aggradisca, Signor Cavaliere, le sicurezze della mia perfettissima considerazione.

Il Ministro di Svezia e di Norvegia,

Barone di MONDERSTROM.

All'Illmo Signor Cavaliere Giovan.-Paolo-Luigi d'Arrighi.

Paris, le 3 Février 1857.

Monsieur le Chevalier,

Je viens de recevoir, par le Ministre des affaires étrangères, une médaille en or, à l'effigie du Roi, mon auguste Souverain, que Sa Majesté a daigné vous conférer pour être portée à la boutonnière, dans un ruban gros bleu. En vous félicitant, Monsieur le Chevalier, de cette marque de la haute bienveillance de Sa Majesté, je vous engage à vouloir bien envoyer à quelqu'un de vos amis, à Paris, un document signé de votre main, qui l'autorise à recevoir cette médaille pour votre compte, de la part de la Légation de Sa Majesté, puisque je ne voudrais pas, à moins que vous ne le désiriez vous-même, envoyer cet objet par la poste.

Agréez, Monsieur le Chevalier, les assurances de ma très-parfaite considération.

Le Ministre de Suède et de Norvége,

Baron de MONDERSTROM.

A Monsieur le Chevalier Jean-Paul-Louis d'Arrighi,
homme de lettres, etc.

PARIGI, lì 25 Ottobre 1858.

Signor Cavaliere,

Conforme al di lei desiderio, avendo fatto rimettere nelle mani del Granduca le di lei opere, sua Altezza Imperiale e Reale degnossi ordinarmi d'inviarle, in pruova della sua alta soddisfazione, una medaglia in oro, che troverà qui unita.

Aggradisca, Signor Cavaliere, assieme alle mie congratulazioni, l'assicuranza della mia considerazione la più distinta.

Il Marchese TANAY DE NERII.

All'Illmo Signor Cavaliere Giovanni-Paolo-Luigi d'Arrighi,
letterato, eccetera.

Paris, le 25 Octobre 1858.

Monsieur le Chevalier,

Ayant fait remettre, suivant votre désir, entre les mains du Grand-Duc, vos ouvrages moraux, Son Altesse Impériale et Royale a daigné m'ordonner, comme preuve de sa haute satisfaction, de vous transmettre une médaille en or, que vous trouverez ci-jointe.

Agréez, Monsieur le Chevalier, avec mes félicitations l'assurance de ma considération très-distinguée.

Le Marquis TANAY DE NERLI.

A Monsieur le Chevalier Jean-Paul-Louis d'Arrighi,
homme de lettres, etc.

Al Signor Cavaliere G.-P.-L. d'Arrighi,

Al mio ritorno d'un viaggio in Alemagna mi è stato presentato l'essemplare che ella mi ha spedito delle sue poesie religiose.

Io apprezzo i pj sentimenti di cui questi canti sono l'espressione, e desiderando darle una pruova della mia soddisfazione per questo utile lavoro, io le fo rimettere la mia medaglia in oro destinata al merito letterario, e vi giungo i miei ringraziamenti colle sicurezze della mia considerazione distinta.

Atene, li 11/23 dicembre 1858.

OTHON.

Al Signor Cavaliere Giovan.-Paolo-Luigi d'Arrighi,
membro dell' Academia di Parigi, eccetera.

Monsieur le Chevalier J.-P.-L. d'Arrighi,

A mon retour d'un voyage en Allemagne, on m'a présenté l'exemplaire que vous m'avez envoyé de vos poésies religieuses.

J'apprécie les pieux sentiments dont ces chants sont l'expression, et, désirant vous donner une marque de ma satisfaction pour cet utile travail, je vous fais remettre ma médaille d'or destinée au mérite littéraire, et j'y joins mes remercîments avec les assurances de ma considération distinguée.

Athènes, le 11/23 décembre 1858.

OTHON.

A Monsieur le Chevalier Jean-Paul-Louis d'Arrighi,

membre de l'Académie de Paris (Seine), etc.

TRAITÉ

DE LA

POÉSIE ITALIENNE

Les Italiens et tous les amateurs de la littérature italienne désiraient depuis longtemps un traité élémentaire de la poésie, où l'on fît connaître les vrais principes d'harmonie qui constituent essentiellement le vers italien, et d'après lesquels, indépendamment du talent naturel que rien ne saurait suppléer, on pût parvenir aisément à composer des vers dont l'harmonie répondît toujours à la pensée de l'écrivain.

Plusieurs littérateurs d'un mérite reconnu ont travaillé sur cette partie intéressante; mais, quelle que soit la célébrité de leurs ouvrages, il n'en est aucun, à mon avis, qui puisse donner aux étudiants une juste idée de la construction du vers italien, et leur faire sentir la raison de ces nombreuses variations musicales qu'il est si difficile d'apprécier. Sans cette connaissance, le charme vraiment mélodieux du vers italien est perdu pour le lecteur; il ne comprendrait même pas certaines expressions dont souvent le sens ne dépend pas moins du rapport des tons que de celui des mots.

Plusieurs motifs doivent porter les amateurs de la langue italienne à l'étude de la poésie : 1° La certitude de parvenir facilement à composer des vers italiens selon les règles les plus sévères de notre versification; 2° l'avantage d'acquérir par ce travail la connaissance du mécanisme des vers, et de se procurer ainsi une bien plus grande jouissance dans la lecture des poètes italiens, que celle que leur procureraient de simples traductions; 3° le plaisir inexprimable de sentir ce que les étrangers parviennent rarement à pouvoir apprécier, l'harmonie enchanteresse qui caractérise les vers italiens; 4° l'avantage d'obtenir par cette étude la pureté de la prononciation de la langue italienne, mérite que très-peu d'étrangers peuvent se flatter de posséder dans toute la perfection, mérite très-nécessaire cependant pour le chant, et très-difficile à acquérir, quelle que soit l'opinion de ceux qui, trompés par les traditions de l'ignorance ou par une apparence illusoire, regardent comme inutiles les soins que l'on donnerait à cette partie essentielle de la langue italienne; 5° enfin, cette étude est nécessaire pour apprendre à bien lire les vers, objet presque aussi négligé par les Italiens eux-mêmes que par les étrangers. Les premiers, entraînés par le faux brillant d'une déclamation chantante et monotone, qui ne peut tout au plus que flatter l'oreille un instant aux dépens de l'esprit et de la raison, se sont laissés séduire par un mouvement capricieux et ronflant, et ont ainsi abandonné la nature et la vérité. (de ce nombre j'excepte ceux qui le méritent, et surtout le *célèbre Monti*, qui lit les vers aussi bien qu'il les fait) et les étrangers, ne pouvant pénétrer un mystère trop profond parce qu'il est trop éloigné du génie de leur langue, ont imité les Italiens peu instruits, ou bien ont modulé les tons, les inflexions et les pauses à la manière de leur pays.

Voilà, en grande partie, la cause du peu de plaisir qu'éprouvent généralement les Italiens à entendre chanter leur langue par des étrangers. Ils ne leur pardonneront jamais le supplice qu'éprouve leur oreille, impitoyablement déchirée par une prononciation vicieuse, qui détruit entièrement l'harmonie caractéristique de la langue et tout son effet musical.

DU VERS ITALIEN EN GÉNÉRAL.

Ce n'est point le nombre des syllabes, ce n'est point la rime qui constituent le vers italien. Ce n'est point la rime, car nous avons des poëmes, et des poëmes dignes d'être placés au premier rang, écrits en vers non rimés ; ce n'est point le nombre des syllabes, puisque si dans un vers un seul mot change de place, le vers n'existe plus, quoique les mots et le nombre des syllabes restent les mêmes.

Ce qui forme le vers, ce qui produit cet ensemble d'où résulte l'harmonie qui le caractérise, ce n'est autre chose que le rapport des tons graves et aigus, ainsi que nous le démontrerons bientôt par des preuves qui ne laisseront rien à désirer. Ce rapport imprime aux vers le mouvement et l'impulsion de l'âme, et établit le grand intervalle qui sépare la poésie de la prose relativement à l'harmonie.

DE L'ACCENT TONIQUE.

Dans chaque mot composé de plusieurs syllabes, il y en a toujours une sur laquelle la voix, en prononçant le mot, se fait entendre plus fortement que sur les autres. Cette élévation de la voix, ce frappement plus sensible sur une syllabe, qui consiste en un coup de gosier qui élève le ton d'un degré pour retomber l'instant d'après sur le ton d'où l'on est parti, est précisément ce qu'on appelle accent tonique. En entendant un Italien prononcer le mot *sovrano*, l'oreille s'aperçoit que la voix s'élève sur la syllabe *vra*, ce qui fait connaître que dans ce mot l'accent tonique se trouve sur la pénultième syllabe.

Pour mieux sentir la force de cet accent, examinons pourquoi le mot *caro* rime avec *amaro*. La correspondance de rime ne dérive pas de ce que ces deux mots sont terminés par la même voyelle ; car, si c'était ainsi, *caro* et *torto* rimeraient aussi, ce qui n'est pas. Elle ne dérive pas non plus de ce que *caro* et *amaro* sont tous deux terminés par la même syllabe ; car, si cela était, *caro* rimerait avec *cavaliero ;* enfin, elle ne dérive pas non plus de ce que, outre la dernière syllabe, ils ont la pénultième voyelle exactement la même ; car, si cela suffisait, *caro* rimerait avec *bàrbaro*. Ce qui produit cette correspondance de rime n'est autre chose que l'accent tonique placé, dans les deux mots, sur la pénultième voyelle, qui a par conséquent le même son. Pour que deux mots riment ensemble, il faut donc que la voyelle sur laquelle se trouve l'accent tonique, et toutes les lettres après celle-ci, soient exactement les mêmes quant à la forme et à la quantité.

CORRESPONDANCE DES RIMES.

1. *Cantò*	*Ritornò.*
2. *Portàr*	*Spaventàr.*
3. *Colòre*	*Timòre.*
4. *Ténere*	*Cénere.*
5. *Términano*	*Detérminano.*

Les mots dont la dernière voyelle a l'accenttonique s'appellent *paròle tronche* (mots tronqués); ceux qui ont cet accent sur la pénultième voyelle sont nommés *paròle piane* (mots pleins); ceux enfin qui ont cet accent sur des syllabes qui précèdent la pénultième sont appelés *paròle sdrucciole* (mots glissants). Les vers italiens terminés par un mot *tronco* s'appellent *versi tronchi;* ceux qui sont terminés par un mot *piano* s'appellent *versi piani;* et on appelle *versi sdruccioli* ceux qui sont terminés par un mot glissant.

Les vers *tronchi* doivent avoir une syllabe de moins que les vers *piani*, à cause du long repos qu'on doit faire à la fin de ces vers; et les vers *piani* doivent avoir une syllabe de moins que les vers *sdruccioli*, à cause de la rapidité de la voix dans la prononciation des deux dernières syllabes.

DU RAPPORT DES ACCENTS TONIQUES.

Chez les Grecs et les Latins, l'harmonie du vers était le résultat d'un nombre déterminé de pieds assortis par une certaine combinaison de syllabes longues et brèves. Les Italiens, ne pouvant pas assujettir leurs vers aux mêmes règles avec autant de succès, les ont soumis à l'accent tonique, c'est-à-dire à la succession variée et régulière des tons. C'est de ces rapports que nait le charme de notre harmonie poétique, et ils formeront l'objet dont nous allons nous occuper.

Le vers italien est composé d'un certain nombre de mesures. On entend par mesure une série de trois ou de cinq syllabes, dont la première a l'accent tonique, comme dans ces combinaisons : *timido*, timide, *mangianoselo*, ils se le mangent.

Comme dans la musique il arrive souvent qu'une note est remplacée par un intervalle de temps égal à la valeur de la note, ce qu'on appelle soupir, il en est de même de la mesure du vers italien. C'est pour cela que dans les séries de syllabes suivantes : *còr fedèle*, cœur fidèle, *il barbaro pastor*, le berger barbare, les syllabes *cor fe* et *barbaro pa*, forment deux mesures. Entre *cor* et la syllabe suivante il y a une pause, ainsi qu'entre le mot *barbaro* et la syllabe *pa*.

Il importe de savoir que la première mesure d'un vers commence toujours du premier accent ; la dernière, du dernier. Celle-ci n'est jamais complète que dans les vers *sdruccioli* ; car dans les vers *piani*, elle est composée d'une syllabe accentuée et d'une sans accent, et dans les vers *tronchi*, de la seule syllabe accentuée.

Il est important de faire observer que la valeur de

la pause dans la première combinaison, est double de celle de la pause de la seconde : la première pause est égale à un quart, la seconde à un huitième.

Nous avons donc quatre sortes de mesures :

1° Une syllabe accentuée, et deux sans accent : *pèrfido ;*

2° Une syllabe accentuée, une pause et une syllabe sans accent : *òr ti ;*

3° Une syllabe, et quatre sans accent : *términanolo,*

4° Une syllabe accentuée, et trois syllabes sans accent, avec une pause, comme dans les mots *il pèrfido cadrà,* les syllabes *pérfido ca,* avec la pause qui a lieu dans le passage de la voix de la troisième syllabe à la quatrième.

D'où l'on peut conclure que les Latins ayant seulement pour leurs vers héroïques deux différents pieds, le dactyle et le spondée, tandis que nous en avons quatre, nous avons évidemment un double avantage sur les Latins, quant à la partie musicale du vers. Une remarque très-importante que je dois faire relativement à la mesure composée d'une syllabe accentuée et de quatre sans accent, c'est que, lorsqu'une de ces quatre syllabes est remplacée par une pause, comme dans les mots *il bàrbaro pastòr,* la mesure *bàrbaro pa,* il faut absolument que la syllabe accentuée soit précédée d'une syllabe sans accent et de nature à se lier à la syllabe accentuée, de même que la syllabe suivante accentuée est précédée d'une syllabe de même nature ; sans cette condition, un tel assemblage de syllabes n'offrirait aucune harmonie poétique.

Ce que je viens d'exposer montre clairement que les vers italiens ont pour base le rapport des tons graves et aigus, dont on forme les différentes mesures qui les composent.

Or, c'est de la succession de ces mêmes mesures que naissent une foule de variétés et de beautés dans le rhythme une diversité et une énergie étonnantes dans l'expression ; c'est de là que le poëte habile tire cette harmonie grave ou majestueuse, gaie ou brillante, tendre ou touchante, qui pénètre le cœur, le séduit et l'entraîne, et qui porte dans l'âme la joie, la tendresse, la douleur, tous les sentiments enfin que le poëte a voulu exprimer.

Mais puisque l'aptitude des langues pour la musique vocale est en raison de la sensibilité des tons graves et aigus, de la valeur des sons plus ou moins prolongés et de leurs différentes combinaisons, il est évident que la langue italienne doit être, sous ce rapport, supérieure à toute autre langue moderne, et ne point le céder en harmonie aux langues grecque et latine.

Parcourons maintenant les différentes sortes de vers que les Italiens emploient le plus souvent.

DES VERS DE QUATRE SYLLABES.

(*Quadrisillabi.*)

1. Còr fedéle.
2. Nélle lúci.
3. Pace alfine.

Les vers de quatre syllabes doivent en avoir deux accentuées, la première et la troisième ; d'où il résulte deux mesures, dont la première n'étant composée que d'une syllabe accentuée et d'une sans accent, il faut absolument qu'entre les deux accents on puisse faire une pause égale à la syllabe sans accent : *Còr pietòso.*

Il arrive souvent, dans ces petits vers, que la première syllabe n'a pas l'accent tonique, comme dans ce vers de Chiabrera : *Ci fa piàga ;* en ce cas, on doit avoir plus d'égard au sentiment qu'à la grammaire ; il faut prononcer les mots avec la même inflexion de voix que s'ils avaient l'accent tonique sur la première syllabe. Lorsqu'on peut suppléer au défaut de la pause par l'élision, l'harmonie acquiert un degré de plus de douceur : *còme il fuòco.*

L'harmonie de ces vers est très-douce, et par conséquent, seulement propre aux tendres émotions du sentiment et de l'amour. Il est essentiel d'observer que, lorsque la pause peut avoir lieu immédiatement après le premier accent, l'harmonie acquiert un degré de plus d'énergie, sans rien perdre de sa douceur, comme dans ce vers : *còr pietóso*.

Il importe aussi de savoir que la première mesure de ces vers peut être variée sensiblement, comme dans le troisième et le quatrième des vers ci-dessus.

TABLEAU DES VARIATIONS MUSICALES DE CES VERS (*)

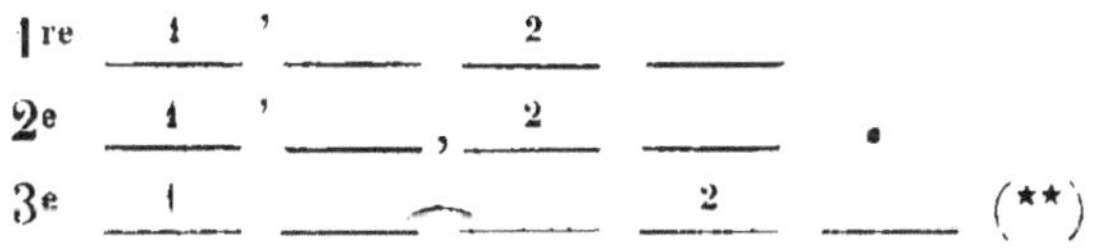

(*) Si un mot terminé par une voyelle est suivi d'un autre mot dont la lettre initiale est une voyelle, il y a élision : en ce cas, les deux syllabes qui se rencontrent de la sorte ne comptent que pour une, relativement au mètre du vers ; mais, quant à ce qui regarde le rhythme, elles doivent compter pour deux, puisqu'il faut les prononcer distinctement, et qu'en les prononçant on observe les proportions des temps.

(**) Les lignes horizontales représentent les syllabes ; les chiffres numériques, les voyelles où se trouve l'accent tonique ; les courbes, les élisions ; et les virgules, les pauses.

Je dois aussi avertir les étudiants, qu'outre les variations musicales que nous indiquons, ils pourront en rencontrer d'autres, surtout dans les vers de plus de six syllabes ; mais ils verront par eux-mêmes que toutes sont basées sur les mêmes principes d'harmonie.

DES VERS DE CINQ SYLLABES.

(*Pentasillabi.*)

1. Mádre d'Amóre.
2. Pérfido amico.
3. Il còr mi tréma.
4. Il crúdo fáto.
5. Un córe infido.

Ces vers ont deux syllabes accentuées : la première et la quatrième, ou la seconde et la quatrième.

La première combinaison donne deux mesures, dont la première est composée d'une syllabe accentuée et de deux sans accent : *Mádre d'Amóre.*

Dans le second cas, la première mesure étant composée d'une syllabe accentuée, et d'une seule sans accent, il faut que l'on fasse une pause entre les deux accents : *Il cór mi tréma.*

Lorsque cette pause se trouve immédiatement avant la syllabe sans accent, le vers a une harmonie délicieuse ; si elle est après, il perd la moitié de son charme, et très-souvent cette seule circonstance détruit entièrement le vers. Il y a un moyen d'éviter ce désordre, c'est de faire suivre la syllabe sans accent par une voyelle, pour qu'il y ait élision. Ainsi, en disant : *Vezzósa Nice*, on ne peut pas avoir d'harmonie, à moins de faire entre les deux mots une pause que la raison n'approuve pas ; mais en disant : *Vezzósa Iréne,* on sent que le vers change tout à fait et devient harmonieux, à cause de l'élision par laquelle la première mesure est complète.

TABLEAU DES VARIATIONS MUSICALES DES VERS DE CINQ SYLLABES.

Les lignes horizontales représentent les syllabes ; les chiffres numériques, les voyelles où se trouve l'accent tonique ; les courbes, les élisions ; et les virgules, les pauses.

1re	1		2	
2e	1		⌣	2
3e		1 ,	2	
4e		1 ,	, 2	
5e		1	⌣	2

DES VERS DE SIX SYLLABES.

(Senarii.)

1. Il crúdo destino.
2. Se pénso a quel vólto.
3. Mi pálpita il còre.

Les vers de six syllabes doivent en avoir deux accentuées, la seconde et la cinquième. Dans ces vers, on a donc deux mesures, dont la première est composée d'une syllabe accentuée et de deux sans accent : *Il crúdo destíno.*

L'harmonie de ces vers ne peut être variée qu'au moyen de l'élision qui peut avoir lieu entre les deux tons aigus, et qui lui donne une grâce particulière : *Mi pàlpita il còre.*

TABLEAU DES VARIATIONS MUSICALES DES VERS DE SIX-SYLLABES.

DES VERS DE SEPT SYLLABES

(Settenarii.)

I

1. Bárbaro genitóre.
2. Pállido e sbigottíto.
3. Il pérfido pastóre.
4. Il perfido e spietáto.
5. La mia ténera figlia.
6. E la mádre infelíce.
7. Il pastorél gentíle.
8. Il pastorello amánte.

II

1. Figlio se più non vivi.
2. Spòsa infedèl, spietáta.
3. Ora vedréte, o Nùmi.
4. Tórna innocénte, e pòi.
5. Allór gridò, ma váno.
6. Allóra Amór coll'árco.
7. Così dicéndo, il fièro.
8. Allóra udissi il tuóno.
9. Còr spergiuro, crudèle.
10. Stángli intórno dolènti.
11. Fièro córe e spietáto.
12. Còr feróce, spietáto.
13. Chiede morte, ed avrálla.

Les vers de sept syllabes peuvent en avoir deux ou trois avec l'accent tonique, et même quatre. Nous parlerons seulement des deux premières combinaisons.

Lorsqu'ils ont deux accents, on place le premier sur la première, ou la seconde, ou la troisième, ou la quatrième syllabe, et le second sur la sixième.

Le mérite du compositeur consiste à choisir toujours celle de ces combinaisons qui produit une harmonie analogue aux sentiments.

TABLEAU DES VARIATIONS MUSICALES DES VERS DE SEPT SYLLABES.

Les lignes horizontales représentent les syllabes ; les chiffres numériques, les voyelles où se trouve l'accent tonique ; les courbes, les élisions ; et les virgules, les pauses.

Premier cas.

1re	1		2
2me	1		2
3me	1	,	2
4me	1		2
5me	1		2
6me	1		2
7me	1	,	2
8me	1		2

Deuxième cas.

9me	1	2 ,	3
10me	1	2	3
11me	1	2	3
12me	1	2	3
13me	1 ,	2 ,	3
14me	1	2 ,	3
15me	1 ,	2	3
16me	1	2	3
17me	1 ,	2	3
18me	1	2	3
19me	1 ,	2	3
20me	1 ,	2	3
21me	1 ,	2	3

DES VERS DE HUIT SYLLABES.

(*Ottonarii.*)

I.

1. Sospiràndo lagrimáva.
2. Se fecòndo e vigoróso.

II.

1. Scénde fiéra la procélla.
2. Créscer véde un arbuscéllo.
3. Véde il vôlto sanguinóso.
4. Spirár sénto un zeffirétto.
5. Sospirár non vò' per Nice.
6. Se pietà non sénti in core.
7. Se pietáde ancor non sénti.

III.

1. Fáto réo, spietáta sòrte.
2. Sénza frútti e senza fiòri.
3. Aure amiche, e liéte spónde.
4. Érbe, fióri, e piágge apriche.

Les vers de huit syllabes peuvent avoir deux, trois ou quatre accents.

Dans le premier cas (voyez le nᵒ I) le premier accent doit être sur la troisième, et le second sur la septième ; de là deux mesures, dont la première est composée d'une syllabe accentuée et de trois sans accent. Il faut donc qu'entre les deux accents on puisse faire une pause égale à un huitième de temps, et que la syllabe qui précède immédiatement le premier accent puisse se joindre à la syllabe accentuée, comme la sixième à la septième : *semplicétta pastorélla*. Cette pause produit un effet charmant lorsque, comme dans ce vers, elle peut se faire entre la quatrième et la cinquième syllabe.

Au lieu de pause on peut faire l'élision, comme dans le second vers du premier numéro.

Quand on donne à ces vers trois accents, le premier peut être sur la première syllabe, comme dans le second vers du nº II ; ou sur la seconde, comme dans le quatrième de ces vers ; ou, enfin, sur la troisième, comme dans le sixième, le septième et le huitième.

Le second accent, dans le premier et le second de ces cas, doit être sur la troisième syllabe (voyez les vers 1 et 4) ; mais dans le troisième cas, il ne peut avoir lieu que sur la cinquième (voyez le vers 6).

Le troisième accent doit être sur la septième.

Ces vers sont composés de trois mesures, dont la première, dans le premier et dans le troisième cas, est composée d'une syllabe accentuée, d'une pause et d'une syllabe sans accent (voyez le vers 1) ; mais dans le second cas, la première mesure n'étant composée que de la syllabe accentuée, il faut absolument faire entre les deux accents une double pause (voyez le vers 4).

Le seconde mesure est composée, dans le premier et dans le second cas, de la syllabe accentuée, de trois sans accents et d'une pause. Dans le troisième cas, elle est composée de la syllabe accentuée, d'une pause et d'une syllabe sans accent.

Les vers 2, 3, 5 et 7 nous montrent les variations que ces mesures peuvent recevoir au moyen des élisions.

Lorsque ces vers ont quatre accents (nº III), le premier doit se trouver sur la première syllabe; le second sur la troisième; le troisième sur la cinquième; le quatrième sur la septième.

Cet arrangement donne quatre mesures, dont les trois premières sont composées d'une syllabe accentuée et d'une seule sans accent; il faut donc une pause dans chacune, et si les mots ne sont pas de nature à donner lieu à la pause, le sentiment doit l'emporter sur la grammaire : *Fáto réo, spietáta sórte.*

Les vers 2, 3, 4, sont rapportés pour nous apprendre les modifications que l'harmonie peut recevoir par les élisions.

On trouve de ces vers qui ont le premier accent sur la seconde syllabe; mais alors, comme il faut absolument, après l'accent, une pause égale à deux syllabes sans accent, il arrive très-souvent que si l'on veut bien lire le vers, la raison, qui n'approuve pas un aussi long repos, est choquée, ou bien, que si l'on ne fait pas cette pause, le vers est détruit. On peut cependant modérer cet inconvénient par l'élision de la troisième syllabe : *O bégli ócchi, o pupillétte.*

La première combinaison produit une harmonie vive et décidée, à cause de tant de tons graves qui marchent si vite ; la seconde donne une harmonie douce et soutenue ; il naît de la troisième une harmonie extrêmement tendre et langoureuse. Quelles ressources pour peindre les passions !

TABLEAU DES VARIATIONS MUSICALES DES VERS DE HUIT SYLLABES

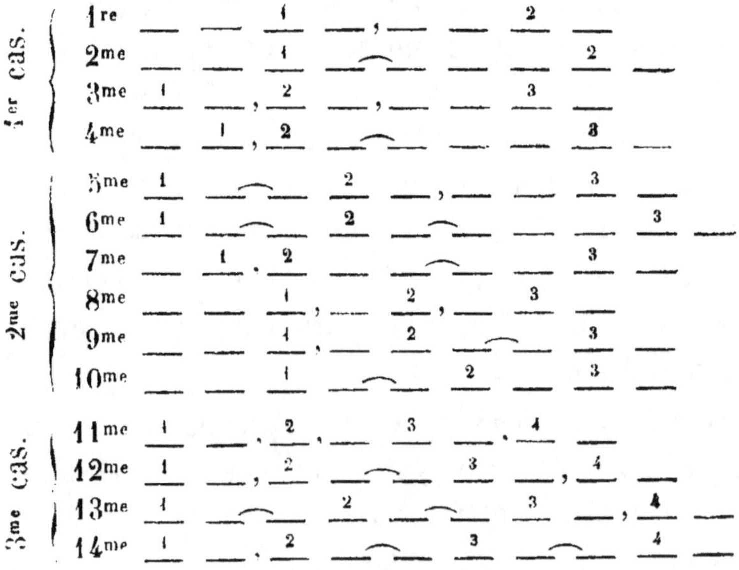

1er cas.	1re	1 , 2
	2me	1 ⌒ 2
	3me	1 , 2 , 3
	4me	1 , 2 ⌒ 3
2me cas.	5me	1 ⌒ 2 , 3
	6me	1 ⌒ 2 ⌒ 3
	7me	1 . 2 ⌒ 3
	8me	1 , 2 , 3
	9me	1 , 2 ⌒ 3
	10me	1 ⌒ 2 3
3me cas.	11me	1 , 2 , 3 . 4
	12me	1 , 2 ⌒ 3 , 4
	13me	1 ⌒ 2 ⌒ 3 , 4
	14me	1 , 2 ⌒ 3 ⌒ 4

DES VERS DE NEUF SYLLABES.

(*Novenarii.*)

Torménto crudèle, tiránno
Mi strúgge, mi lácera il córe,
D'Alétto geloso furóre
M'accénde la fáce nel séu.

Ces vers ont trois accents : le premier, sur la seconde syllabe ; le second, sur la cinquième ; le troisième, sur la huitième. De là, trois mesures, dont les
deux premières sont composées chacune d'une syllabe
accentuée et de deux sans accent.

Ces vers ne manquent pas d'une certaine harmonie,
et si, en les lisant, on a soin de faire une pause à la
fin de chacun, il en résultera un effet encore plus
agréable. Il est vrai cependant que leur harmonie est
un peu monotone, parce que les mesures qui les composent sont toutes de la même forme, et comme elles
ne peuvent recevoir que les modifications des élisions, elles ne tarderaient pas à fatiguer l'oreille de
l'auditeur ; mais on pourrait les introduire avec succès
dans le drame, dans le dithyrambe, etc.

TABLEAU DES VARIATIONS MUSICALES DES VERS DE NEUF
SYLLABES

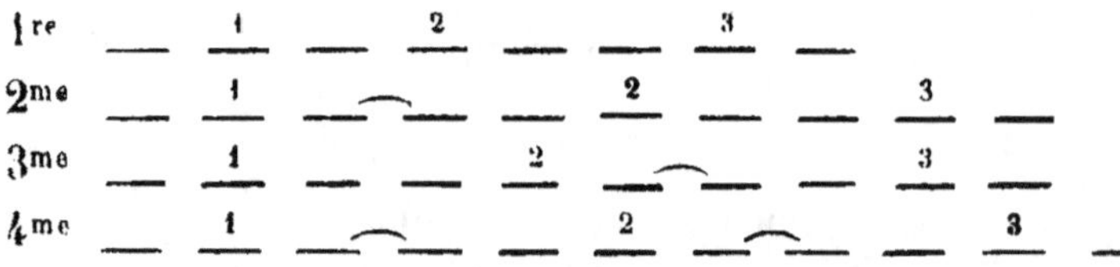

		1		2		3	
1re		1		2		3	
2me		1			2		3
3me		1		2			3	
4me		1			2			3

DES VERS DE DIX SYLLABES

(Decasillabi)

I.

1. Laceràta da bàrbara màno
2. E tradito dal pérfido amico.

II.

1. Ardo d'ira, di ràbbia deliro.
2. Muóri, indégna, ti fúlmina il ciélo.

III.

Per léi fra l'ármi-dòrme il guerriéro.
Per léi fra l'ónde-cánta il nocchièro,
Per léi la mòrte-terrór non ha.

IV.

1. In quélle ténere-pupille cáre
2. In quélle ténere-pupille amiche.

Les vers de dix syllabes sont susceptibles de quatre combinaisons d'accents, dont les deux premières produisent une harmonie rapide et frappante et un mouvement propre à rendre la violence des passions, et la troisième une harmonie douce et touchante, qui exprime heureusement les affections les plus tendres de l'âme. Nous parlerons plus loin de la quatrième.

La première combinaison exige que les vers aient trois accents : le premier, sur la troisième syllabe ; le second, sur la sixième ; le troisième, sur la neuvième. De là trois mesures, dont les deux premières sont composées d'une syllabe accentuée et de deux sans accent : *Laceráta da bárbara màno.*

Le mouvement rapide et soutenu de ces vers provient de ce que les syllabes sans accent sont de plus du double plus nombreuses que les syllabes accentuées, savoir, comme 7 à 3, et de ce que les mesures sont constamment les mêmes. Pour les bien lire, il faut faire sentir avec force l'accent tonique.

Si l'on donne à ces vers quatre accents, leur mouvement en devient moins rapide, mais ils acquièrent d'autre part de la majesté. On distribue les accents de cette manière : le premier se place sur la première syllabe, le second sur la troisième et la sixième, le quatrième sur la neuvième ; d'où il résulte quatre mesures.

La première est composée d'une syllabe accentuée, d'une pause, et d'une syllabe sans accent; la seconde, d'une syllabe accentuée et de deux sans accent; et la troisième, de même que la seconde :

Ardo d'ira, di rábbia deliro.

Les élisions peuvent ajouter un degré de plus à la marche majestueuse de ces vers.

La troisième combinaison demande que les vers aient aussi quatre accents, et que les mots soient disposés de manière que chaque vers puisse se partager exactement en deux vers de cinq syllabes, tels que ceux du n° III.

Per léi fra l'ármi — dòrme-il guerriéro.

L'harmonie de ces vers a un mouvement lent, doux et animé d'une expression tendre et touchante, à cause du nombre et de la disposition des accents toniques; mais ils doivent être bien lus. Pour les bien lire, il faut que la voix fasse sentir, par une prononciation lente, leur ton langoureux, et qu'on fasse une pause entre la cinquième et la sixième syllabe, afin de bien marquer cette harmonie.

Les poëtes italiens ont tellement varié le charme de leurs vers. qu'ils sont parvenus à leur donner cette harmonie gracieuse et séduisante qui enchante dans plusieurs vers des Latins, que l'on appelle *phaleuques*, comme ceux du nᵒ IV.

> In quéile ténerc — pupille cáre ;
> In quélle ténere — pupille amiche.

Pour produire la même harmonie, il suffit que le premier des deux vers de cinq syllabes qui composent celui de dix soit un vers *sdrúcciolo*, tel que dans les précédents.

Pour bien lire ces vers, outre la prononciation lente et soutenue, il faut faire une pause entre la sixième et la septième syllabe.

L'harmonie de ces vers pouvant être variée de tant de manières, les unes sensiblement différentes des autres, cela donne au poëte le moyen d'exprimer les idées et leurs nuances les plus délicates, par un mouvement toujours analogue à ces mêmes idées.

TABLEAU DES VARIATIONS MUSICALES DES VERS DE DIX SYLLABES.

Les lignes horizontales représentent les syllabes ; les chiffres numériques, les voyelles où se trouve

l'accent tonique; les courbes, les élisions; et les virgules, les pauses.

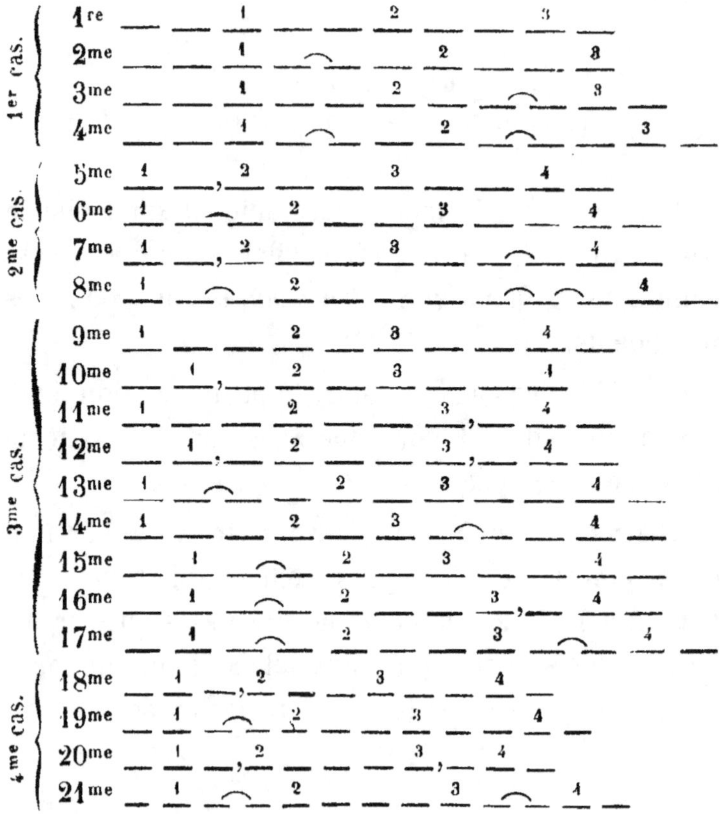

DES VERS DE ONZE SYLLABES

(ENDECASILLABI)

Voici les plus sublimes de nos vers, les plus so-
nores et les plus majestueux. C'est à ces vers qu'est
réservé le privilége de chanter les armes, les héros
et leurs exploits. C'est dans ces vers surtout que le
charme de l'harmonie poétique se manifeste avec
une force égale à celle des images, avec une variété
propre à faire sentir tous les mouvements des
passions. Ils sont susceptibles de toutes les combinaisons d'accents qui suivent :

I.

1. Súrgono innumerábili faville.
2. Dipinte di mirábil primavéra.
3. Impediva la vista e lo splendóre.
4. Seminatór di scándolo e di scisma.

II.

$$
\text{I.} \begin{cases}
\text{1. L'isola sácra all'amorósa Déa.} \\
\text{2. Il cièl nascònde tenebróso vèlo.} \\
\text{3. L'óra del tempo e la dólce stagióne.} \\
\text{4. Amór mostròmmi il leggiádro sembiànte.}
\end{cases}
$$

$$
\text{II.} \begin{cases}
\text{1. Méntre con la maggiór stizza del móndo.} \\
\text{2. Le dónne, i cavaliér, l'árme, gli amòri.} \\
\text{3. D'amoróso desio l'ánimo cáldo.}
\end{cases}
$$

$$
\text{III.} \begin{cases}
\text{1. Quando ritornerà la dólce amica.} \\
\text{2. Di sdégno e di furòr nel sén ribòlle.} \\
\text{3. Disperáto dolór che'l cór mi prème.}
\end{cases}
$$

III.

1. Quasi obbliándo d'ire a farsi bèlle,
2 Amór, virtù, pietá nel cór m'accènde.
3. Amór ch'al cór gentil rátto s'apprénde.

Les vers de onze syllabes peuvent recevoir trois, quatre et même cinq accents. Nous parlerons d'abord de ceux de trois. Le premier accent doit être sur la première, ou sur la seconde, ou sur la troisième, ou sur la quatrième syllabe ; le second, sur la sixième, et le troisième, sur la dixième.

Le premier accent étant placé sur la première syllabe, on a des vers de trois mesures, dont la première est composée d'une syllabe accentuée, et de quatre sans accent, et la seconde, d'une syllabe accentuée, et de trois sans accent ; il faut qu'on puisse y faire une pause égale à une syllabe sans accent.

Le premier accent étant placé sur la seconde syllabe, on a deux mesures égales, dans chacune desquelles il faut qu'on puisse faire une pause égale à un huitième de temps, et que la syllabe qui précède la première accentuée soit de nature à se lier avec elle, de même de la cinquième avec la sixième.

Le premier accent se trouvant sur la troisième syllabe, la seconde mesure reste toujours la même ; mais la première n'est plus composée que d'une syllabe accentuée et de deux sans accent.

Enfin, le premier accent étant placé sur la quatrième syllabe, la première mesure se trouve composée d'une syllabe accentuée, d'une pause égale à un quart de temps, et d'une syllabe sans accent.

Le rhythme de ces vers est très-expressif par sa rapidité, égale à celle de la pensée, à cause du peu de syllabes accentuées parmi tant d'autres qui n'ont pas d'accent.

Il existe aussi entre eux une différence très-marquée : Le premier a une marche plus rapide que tous les autres ; le second et le troisième ajoutent à la rapidité un air de gravité très-sensible ; le quatrième fait entendre une harmonie négligée, et très-propre à montrer le peu d'intérêt que l'on attache au sujet, ou le mépris que l'on veut jeter sur lui, comme on le voit aisément dans le vers du *Dante*, cité plus haut, et dans le suivant, du même auteur : *Gli abitatôr della misera valle.*

Dans les vers de onze syllabes qui en ont quatre accentuées, les accents sont susceptibles de toutes les combinaisons suivantes :

1° On peut les placer sur la première, sur la quatrième, sur la huitième et sur la dixième syllabe, et il résulte de cette combinaison des vers de quatre mesures, dont la première est composée d'une syllabe accentuée et de deux sans accent ; la seconde, d'une syllabe accentuée, de trois sans accent, et d'une pause égale à un huitième de temps ; la troisième, d'une sans accent, et d'une pause égale à un quart de temps : *L'isola sácra all'amorósa Déa.*

On peut rendre l'harmonie de ces vers encore plus majestueuse et lui donner, en même temps, un caractère de douceur et de charme analogue aux idées, choisissant les mots qui composent les vers, de manière que la seconde et la troisième syllabes accentuées soient les dernières syllabes des mots. Telle est l'harmonie du vers suivant du Dante, dont on peut facilement sentir le charme, en le lisant comme il doit être lu, savoir, en trois temps :

Dólce cólor.... d'oriental.... zaffiro.

Faites bien attention que la seconde pause est double de temps de la première.

2° On peut placer le premier accent sur la seconde syllabe sans changer la place des autres :

Il ciél nascónde tenebrósó vélo. En ce cas, la première mesure étant la même que la troisième, il faut qu'il y ait, dans l'une et dans l'autre, une pause égale à un quart de temps, ou bien qu'on y supplée par l'élision.

La première et la seconde de ces combinaisons produisent une harmonie majestueuse, et impriment aux vers un mouvement grave et soutenu ; l'élision, qui existe dans la première et dans la seconde mesures du premier, ajoute encore à leur gravité. En outre, dans le second vers, l'harmonie a un degré de plus de lenteur, à cause de la pause qui existe entre le premier et le second accent.

Il importe de savoir que, dans les deux premiers du n° I, l'avant-dernière mesure peut être construite de manière à produire une harmonie variée de trois différentes sortes ; ce qui offre au poëte un moyen de plus d'imprimer au vers telle ou telle harmonie, la plus analogue à la situation de son âme. Cette mesure peut être composée : 1° de la syllabe accentuée, d'une pause naturelle, et d'une syllabe sans accent ; 2° de la syllabe accentuée, d'une sans accent, et d'une pause commandée par les circonstances ; 3° de la syllabe accentuée, et de deux sans accent, au moyen de l'élision.

Ces variations sont marquées dans les vers suivants :

Stáva tra i rámi ogni augellin sicúro.	TASSO.
Nói Salavám per una piétra fèssa.	DANTE.
Gli ócchi svegliáti rivolgéndo in giro.	Id.

3° Si l'on place le troisième accent sur la septième, au lieu de le placer sur la huitième syllabe, sans changer la place des autres, il résulte de cette combinaison une harmonie douce et langoureuse, très-propre à exprimer les sentiments les plus tendres, et capable de faire couler des larmes de plaisir. Tels sont les vers 3 et 4 du numéro I.

Dans le premier de ces deux vers, on a trois mesures égales, composées d'une syllabe accentuée et de deux sans accent; dans le second, la première mesure n'ayant qu'une syllabe accentuée et une sans accent, il faut que l'on puisse y faire une pause.

Mais d'où nait ce charme divin, qui pénètre dans l'âme, l'émeut et y porte le sentiment des passions? — Il provient de la marche toujours égale des sons produits par l'uniformité des mesures; ce qui suppose dans le poëte une agitation douce et uniforme, effet très-commun de la passion.

4° En plaçant le premier accent sur la première, ou sur la seconde, ou sur la troisième syllabe, le second sur la sixième, le troisième sur la septième, le quatrième sur la dixième, on obtient une harmonie vive, décidée, et en même temps soutenue, telle que celle des vers 1, 2 et 3 du n° II.

Ces vers ont quatre mesures : la première, dans le premier, est composée d'une syllabe accentuée et de deux sans accent; dans le second, d'une syllabe accentuée et de trois sans accent, il faut donc y faire une pause, à moins qu'il n'y ait élision; dans le troisième, d'une syllabe accentuée et de deux sans accent; la seconde mesure est composée, dans tous les trois, d'une syllabe accentuée et d'une pause égale à deux sans accent; la troisième, d'une syllabe accentuée et de deux sans accent.

Ce qui produit une harmonie vive et en même temps soutenue, n'est autre chose que le contraste qui se trouve entre la marche très-rapide avec laquelle le vers commence et le ton imposant que lui donnent les deux accents consécutifs, avec le double repos qui les sépare.

Il est impossible de bien lire ces vers sans faire sentir le double repos qui existe entre le second et le troisième accent.

Je laisse aux savants à déduire de ces vérités

évidentes les conséquences que l'on doit en tirer en faveur de la poésie italienne.

5° Si, dans ces dernières combinaisons, on place le troisième accent sur la huitième syllabe au lieu de le placer sur la septième, l'harmonie changera tout à fait ; la seconde et la troisième mesures seront composées, dans les trois combinaisons, d'une syllabe accentuée et d'une sans accent ; il faut donc une pause. Tels sont les vers 1, 2 et 3 du n° III.

L'harmonie qui résulte de ce petit changement a moins de force que la précédente ; mais elle a plus de douceur, par la raison que les deux tons aigus qui se suivaient immédiatement étant séparés par une syllabe sans accent, l'effet qu'ils produisent ne peut pas être le même que s'ils frappaient l'organe sans interruption et presque en même temps.

Enfin, lorsque les vers de onze syllabes ont cinq accents, voici de quelle manière on doit les disposer :

1° On peut placer le premier accent sur la première ou sur la seconde syllabe indifféremment, le second doit être sur la quatrième, le troisième sur la sixième, le quatrième sur la huitième, comme dans le premier et le deuxième vers du n° III, ou bien sur la septième, comme dans le troisième vers du même numéro ; le cinquième, enfin, sur la dixième.

Ces vers ont cinq mesures : la première, dans le

premier, est composée d'une syllabe accentuée et
de deux sans accent, et chacune des trois suivantes,
d'une syllabe accentuée, d'une sans accent et d'une
pause égale à celle-ci. Les mesures du second vers
sont toutes composées de la seule syllabe accentuée
et d'une sans accent, il faut donc une pause dans
chacune ou bien l'élision.

Il est facile de comprendre que l'harmonie de ces
vers doit être extrêmement lente et passionnée, à
cause du grand nombre d'accents et de pauses qui
entrent dans leurs combinaisons, ainsi que par les
élisions nombreuses qui s'y trouvent plus que dans
les autres, pour en obtenir un effet plus sensible.

2° On peut placer le quatrième accent sur la septième syllabe au lieu de la huitième, toutes les fois
qu'il est possible de partager le vers en deux, dont
le premier soit de six et le second de cinq syllabes.
On a toujours des vers de cinq mesures, dont la troisième est composée d'une syllabe accentuée et d'une
pause égale à deux sans accent. Il faut que cette
pause soit bien marquée dans la prononciation.

Dans ces vers, la combinaison des accents produit
une harmonie aussi lente et aussi douce que dans
les précédents ; mais ici elle montre plus de vigueur.

Les variations harmoniques des vers de onze syllabes, que nous venons d'examiner, sont celles dont

on fait usage le plus souvent ; il y en a d'autres, sans doute : l'élève n'aura aucune peine à les reconnaître et à en sentir les différences caractéristiques, ainsi que les raisons de ces différences.

Il est donc évident que les Italiens ont cherché dans leurs vers, non-seulement la sublimité des pensées, la grâce des expressions, la noblesse du langage, etc., mais le charme de l'harmonie poétique, qu'ils ont porté au plus haut point. En effet, le cœur ne peut rien sentir, l'esprit rien concevoir, qu'ils ne l'expriment par un langage particulier à la poésie, et avec une harmonie aussi variée que les sentiments dont l'âme peut se trouver affectée. Heureux celui qui, en lisant nos poëtes, peut sentir une partie de ce qu'éprouvent à cette lecture les vrais Italiens ! Mais que l'on ne se flatte pas d'y parvenir sans une étude bien dirigée et proportionnée à la grandeur des choses qu'il faut apprendre.

Si Vossius avait pu sentir cette force et cette différence de rhythme, qui, indépendamment des mots, affecte nos âmes et y porte le sentiment des passions ; s'il avait senti que l'harmonie qui naît du rapport des tons graves et des tons aigus est mille fois plus séduisante que celle qui dérive du rapport des temps, c'est-à-dire des syllabes longues et brèves ; s'il avait senti, enfin, que la rime n'est point défavorable au chant, il n'eût jamais dit dans son livre *De poematum cantu et viribus rhythmi*, que le rhythme des langues modernes ne présente aucune image des choses et ne peut produire aucun effet; que ces langues ne sont pas propres pour la musique, et que nous ne pouvons avoir de bonne musique vocale qu'en faisant des vers propres au chant, en leur donnant la quantité et les pieds mesurés, et en proscrivant l'invention barbare de la rime.

TABLEAU DES PRINCIPALES VARIATIONS MUSICALES DES VERS DE ONZE SYLLABES.

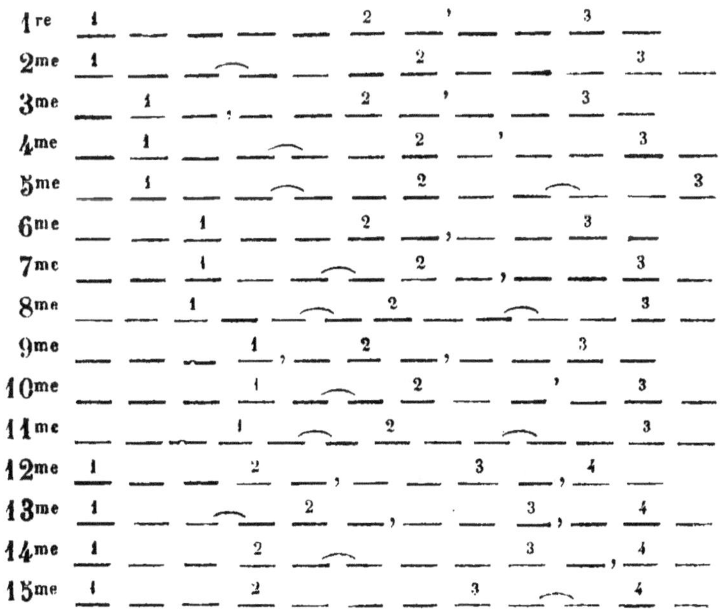

1re	1	2 '	3
2me	1	2	3
3me	1	2 '	3
4me	1	2 '	3
5me	1	2	3
6me	1	2 ,	3
7me	1	2 ,	3
8me	1	2	3
9me	1 ,	2 ,	3
10me	1	2 '	3
11me	1	2	3
12me	1	2 ,	3 , 4
13me	1	2 ,	3 , 4
14me	1	2	3 , 4
15me	1	2	3 4

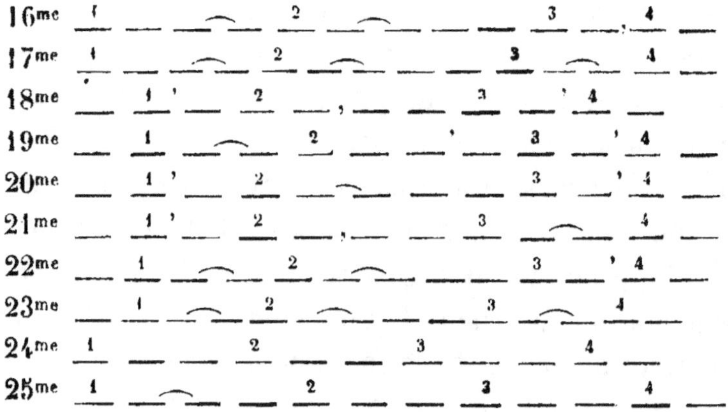

	1	2	3	4
16me	1	2	3	4
17me	1	2	3	4
18me	1	2	3	4
19me	1	2	3	4
20me	1	2	3	4
21me	1	2	3	4
22me	1	2	3	4
23me	1	2	3	4
24me	1	2	3	4
25me	1	2	3	4

Ceux qui nous ont suivi jusqu'ici, et qui ont bien
conçu tout ce que nous avons exposé, ne seront plus
surpris des ressources immenses que la langue italienne offre à nos compositeurs de musique, étant
propre à peindre tous les caractères et toutes les
nuances des passions, autant par son rhythme que par
sa mélodie. Ils ne seront plus étonnés de la facilité
avec laquelle les Italiens les moins instruits composent
des vers dans leur langue, et même improvisent de
longs poëmes sur des sujets donnés. Cette facilité
dérive principalement de l'aptitude de la langue italienne à toutes sortes d'inversions, de sa richesse, de
cette multitude de variations musicales que nous avons
fait remarquer, et sans doute encore de la sagacité
des Italiens à pénétrer dans le fond des choses, et à
apercevoir, d'un coup d'œil, toutes les idées dépen-

dantes de l'idée principale qui les occupe, ainsi que toutes les nuances et les modifications les plus imperceptibles. Avec tous ces avantages, la substitution d'une idée à une autre, celle des mots, des expressions et des variations rhythmiques, ne sont pas difficiles; les versificateurs dont je viens de parler bornent leurs efforts à remplir l'espace dont leur esprit a fixé d'abord les limites.

Mais les grands poëtes ne trouvent pas la même facilité dans la composition de leurs poëmes. Un intervalle, que l'œil d'un étranger ne saurait mesurer, sépare la vraie poésie italienne de cette poésie facile dans laquelle tout Italien bien élevé peut exercer son talent avec quelque gloire. J'en appelle aux grands maîtres de l'art : la richesse prodigieuse de notre langue, la flexibilité, la perception vive et prompte des nombreuses idées subalternes, les rapports harmoniques et si variés de leurs vers, sont pour eux autant d'entraves de plus; car, pour que l'expression, l'enchaînement des mots, l'idée subalterne substituée à l'idée principale, le rhythme, toutes les parties enfin, soient dans un parfait accord avec les mouvements de l'âme passionnée, il faut que l'écrivain soit doué d'une sensibilité extrême, d'une oreille délicate, d'un jugement parfait, d'une grande pénétration, et qu'il réunisse enfin toutes les rares qualités qui constituent le vrai poëte.

ARTICLE PARTICULIER.

De tout ce qui constitue la vraie poésie, style, images, comparaisons, langage d'action, épithètes, expressions poétiques, couleurs, etc. je ne parlerai que de la puissance du rhythme dans le vers italien.

Le reste doit s'apprendre par la lecture de nos poëtes, et surtout du créateur, du père de la poésie italienne, Dante, chez qui les plus grands écrivains de l'Italie ont puisé ces beautés mâles et sublimes qui leur ont assuré l'estime des contemporains et les suffrages de la postérité. Pour ne citer ici que des noms dont les siècles garderont la mémoire, Pétrarque, Boccace, Michel-Ange, l'Arioste, le Tasse, et de nos jours, Alfieri, Monti, Varano, tous pourraient faire à Dante l'application de ces beaux vers qu'il adressait autrefois à Virgile :

> Tu se' lo mio maestro, e'l mio autore,
> Tu se' solo colui da cu'io tolsi
> Lo bello stile che m'ha fatto onore.

DE LA PUISSANCE DU RHYTHME.

L'effet que le poëte se propose de produire par ses tableaux ne dépend pas moins des expressions et des couleurs qu'il emploie, que de la puissance du rhythme poétique. Il y a dans les mots de chaque langue une cadence naturelle, qui naît du rapport des tons graves et aigus, de la quantité et de la mélodie plus ou moins agréable, selon la sensibilité plus ou moins exquise des organes de ceux qui la parlent, et selon la flexibilité de cette même langue.

On ne peut refuser aux Italiens cette sensibilité d'organes, et une extrême justesse d'oreille, c'est la source première de leur passion pour la musique ; d'un autre côté, leur langue est si souple, si docile et sonore, que l'on en peut varier et multiplier l'harmonie presque à l'infini.

Pour sentir jusqu'à quel point ils ont su tirer parti du rhythme, il suffira de citer quelques vers pris au hasard dans la *Divine Comédie* et d'en faire l'analyse. Cet exercice aura encore un autre avantage, celui de convaincre les personnes qui n'ont fait qu'une lecture superficielle de cet ouvrage, que les Italiens, qui trouvent dans ce poëte plus de génie, plus de savoir et plus de beautés que dans les autres, ne sont ni fanatiques, ni aveugles.

On admire avec raison le son rapide et frappant du vers suivant, où le poëte peint la descente précipitée de la foudre, et en même temps le fracas du tonnerre :

Se subito la nuvola scoscende.

La légèreté et la rapidité des deux dactyles *subito*, *nuvola*, expriment merveilleusement le vol rapide de la foudre ; la force, la dureté et le son du mot *scoscende*, font sentir le fracas du tonnerre :

> Credo che a pena il tuono o la saetta
> Venga in terra dal ciel con maggior fretta.

Dans le second des deux vers suivants :

> Poi mi parea che, più rotata un poco,
> Terribil come folgor discendesse.

Le poëte dépeint le vol impétueux et rapide d'un aigle qui se précipite du haut en bas. Cette impétuosité et cette force sont exprimées non-seulement par les mots les plus convenables pour cela, mais par la position de l'accent tonique du premier et du troisième des mots qui composent ce vers, ainsi que par le retranchement de la dernière voyelle de ces mots, qui produit un effet merveilleux.

Voici comment ce poëte exprime, par la force du rhythme, la respiration oppressée d'un malheureux échappé à la fureur de la tempête, après avoir long-temps lutté contre les flots :

> E come quei che con lena affannata. ...

L'harmonie de ce vers est tellement caractérisée, qu'il est impossible que l'idée échappe à l'organe le moins exercé. Voici un vers du IXe chant du *Purgatoire*, d'une beauté surprenante, et dont le mérite cependant ne sera pas apprécié, si l'on ne consulte autre chose que les mots qui le composent et le sens qu'il présente :

Ma pria tre volte nel petto mi diedi.

Dans ce vers, le poëte non-seulement veut nous faire savoir qu'il se frappe trois fois la poitrine ; mais, ce qui est bien étonnant, il veut nous faire sentir, par l'harmonie, les trois temps égaux des coups dont il se frappe. En effet, les trois mesures égales de ton et de temps : *tre vólte, nel pétto, mi diédi*, expriment parfaitement, par la nature et l'égalité de leurs sons, non-seulement les trois mouvements égaux, mais aussi le moment précis où la main frappe la poitrine.

Que l'on examine les vers suivants, dont rien n'égale l'élégante simplicité :

Come la fronda che flatte la cima
Nel transito del vento, e poi si leva
Per la propria virtù che la sublima.

On y voit sensiblement cette branche fléchir promptement sa cime au passage du vent et se relever aussitôt par l'effet de sa propre force. Mais ce qui doit bien étonner, c'est que cette harmonie sautillante est rendue telle par la combinaison des quatre mesures égales dont le premier vers est composé, harmonie qui prépare et annonce par elle seule l'idée tout entière : le rhythme du mot *flette* marque à la fois la flexibilité et la résistance que la branche oppose à l'action du vent ; l'impulsion momentanée du même vent est parfaitement exprimée par le dactyle transito ; et, enfin, l'harmonie imposante du dernier vers achève le tableau.

Sur la fin du III⁰ chant du *Paradis*, lorsque le poëte parle du moment où la bienheureuse *Piccarda*, après avoir éclairci ses doutes, se dérobe à ses yeux, il dit :

> Cosi parlommi, e poi comincio : Ave
> Maria, cantando, e cantando vanio,
> Come per acqua cupa cosa grave.

Par l'accent qui se trouve sur l'*i*, pénultième voyelle du mot *vanio*, il exprime d'une manière très-sensible l'éloignement progressif de cette âme bienheureuse qu'il suit toujours des yeux ; mais le troisième vers est encore plus admirable. Le nombre des accents, et la manière dont ils sont distribués, nous mettent sensiblement sous les yeux la marche de ce corps grave qui descend vers le fond de l'eau, et la résistance que cet élément lui oppose.

Dans le XV⁰ chant, où, par des couleurs vraiment célestes, *Cacciaguida* fait le portrait de ces temps trop changés où les femmes de Florence trouvaient le bonheur dans le sein de leur famille et dans les travaux domestiques qui les y fixaient, il s'exprime ainsi :

> L'altra traendo alla rocca la chioma,
> Favoleggiava con la sua famiglia
> De' Troiani, di Fiesole, e di Roma.

Tout est admirable dans ces vers, tout est vrai, naturel et séduisant ; mais ce qui surprend davantage, c'est le rhythme du premier vers. Ce vers est composé de quatre mesures, et ces mesures sont toutes de la même forme, savoir, d'une syllabe accentuée, et de deux sans accent ; d'où il résulte quatre pas ou quatre mouvements parfaitement égaux ; en outre, il n'y a point de repos dans aucune mesure, ce qui produit un mouvement non interrompu jusqu'à la fin. N'est-ce pas nous faire voir cette femme tirant la chevelure de sa quenouille trois ou quatre fois ? N'est-ce pas nous faire entendre les coups de la main et le moment précis où elle agit ?

Plus j'étudie Dante, plus j'y découvre des beautés qui m'avaient d'abord échappé ; et, persuadé que la même chose arrive à tous ceux qui l'étudient de même,

je pense que chacun peut dire de lui ce qu'il disait
lui-même de la divine Béatrix :

Io non lo vidi tante volte ancora,
Ch'io non scorgessi in lui nuova bellezza.

Lyon, le 25 mai 1868.

Le Chevalier J.-P.-L. d'ARRIGHI,

Professeur de langue italienne.

FIN DU TRAITÉ DE LA POÉSIE.

Impr. Ve Chanoine, Lyon.

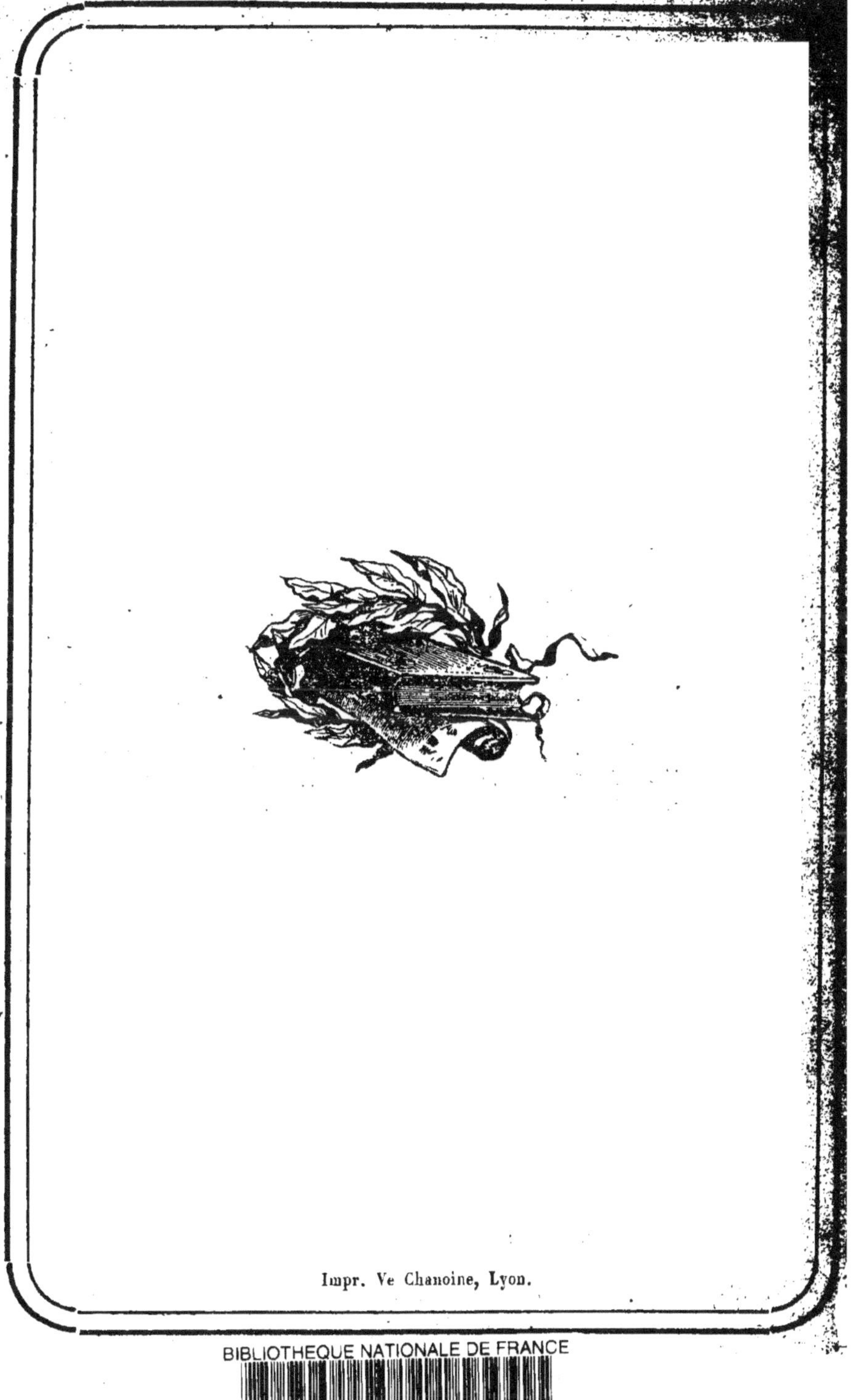

Impr. Ve Chanoine, Lyon.

www.ingramcontent.com/pod-product-compliance
Lightning Source LLC
LaVergne TN
LVHW011450180726
843503LV00007BA/2964